再次獻給Will和Justin

作、繪者

雍·卡拉森

曾經為動畫長片、音樂錄影帶和雜誌書刊等繪圖。他以 Cats' Night Out
（作者是 Caroline Stutson）一書榮獲加拿大重要的插畫獎 Governor
General's Award for Illustration。《找回我的帽子》（三之三）是他第
一本自寫自畫的作品，獲得 2012 年 Theodor Geisel Award 銀牌獎。
2013 年以《這不是我的帽子》獲得美國凱迪克金牌獎等共計 19 項獎項。
現定居美國加州洛杉磯市。

譯者

劉清彥

膽子很小，從來不敢偷東西，因為就算沒有被人發現，也怕被上帝看見。
讀的是新聞卻熱愛兒童文學，每天專心創作和翻譯童書，星期天在教會
跟小朋友說故事，也經常到各地演講，還主持了兒童電視節目「烤箱讀
書會」和廣播節目「閱讀推手」。

繪本 0115

這不是我的帽子

文·圖｜雍·卡拉森
譯｜劉清彥

責任編輯｜黃雅妮、熊君君
特約美術編輯｜蕭雅慧

天下雜誌群創辦人｜殷允芃
董事長兼執行長｜何琦瑜
媒體暨產品事業群
總經理｜游玉雪
副總經理｜林彥傑
總編輯｜林欣靜
資深主編｜蔡忠琦
版權專員｜何晨瑋、黃微真

出版者｜親子天下股份有限公司
地址｜台北市 104 建國北路一段 96 號 4 樓
電話｜（02）2509-2800　傳真｜（02）2509-2462
網址｜www.parenting.com.tw
讀者服務專線｜（02）2662-0332　傳真｜（02）2662-6048
客服信箱｜parenting@service.cw.com.tw　週一～週五：09:00~17:30

法律顧問｜台英國際商務法律事務所·羅明通律師
總經銷｜大和圖書有限公司　電話：（02）8990-2588

出版日期｜2013 年 8 月第一版第一次印行
　　　　　2023 年 8 月第一版第十次印行
定　價｜270 元
書　號｜BCKP0115P
ISBN｜978-986-241-713-3（平裝）

訂購服務
親子天下 Shopping｜shopping.parenting.com.tw
海外·大量訂購｜parenting@cw.com.tw
書香花園｜台北市建國北路二段 6 巷 11 號　電話（02）2506-1635
劃撥帳號｜50331356 親子天下股份有限公司

立即購買 >

這不是我的帽子

文、圖 雍·卡拉森

譯 劉清彥

這不是我的帽子。
我剛剛偷來的。

我從一條大魚那裡偷來的。

當時他正在睡覺。

他(ㄊㄚ)可(ㄎㄜˇ)能(ㄋㄥˊ)要(ㄧㄠˋ)睡(ㄕㄨㄟˋ)很(ㄏㄣˇ)久(ㄐㄧㄡˇ)，不(ㄅㄨˋ)會(ㄏㄨㄟˋ)馬(ㄇㄚˇ)上(ㄕㄤˋ)醒(ㄒㄧㄥˇ)來(ㄌㄞˊ)。

就算他真的醒了，

也可能不會發現帽子不見了。

就算他真的發現帽子不見了，

也_{ㄧㄝˇ}可_{ㄎㄜˇ}能_{ㄋㄥˊ}不_{ㄅㄨˋ}會_{ㄏㄨㄟˋ}知_ㄓ道_{ㄉㄠˋ}是_{ㄕˋ}我_{ㄨㄛˇ}偷_{ㄊㄡ}的_{ㄉㄜ˙}。

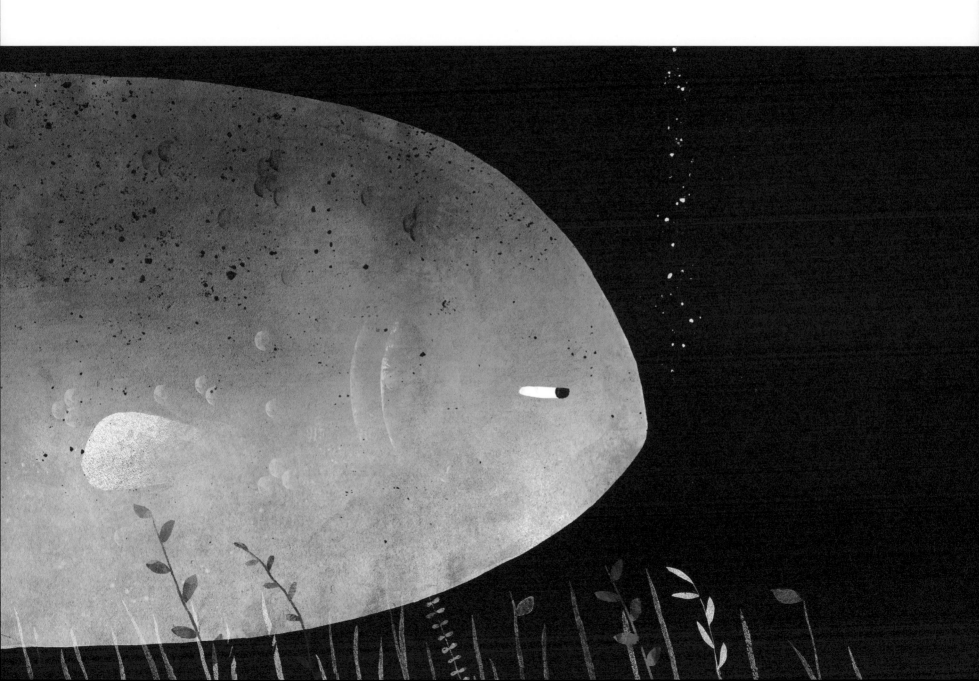

就算他真的猜到是我偷的，

也_{ㄧㄝˇ}不_{ㄅㄨˋ}會_{ㄏㄨㄟˋ}知_ㄓ道_{ㄉㄠˋ}我_{ㄨㄛˇ}要_{ㄧㄠˋ}去_{ㄑㄩˋ}哪_{ㄋㄚˇ}裡_{ㄌㄧˇ}。

好，告訴你我要去哪裡。
我要到一個水草長得又高、
又大、又密的地方。

躲在那裡很難被找到，
絕對不會被發現。

啊，被發現了。
可是他告訴我，
他不會把我要去的地方說出來。

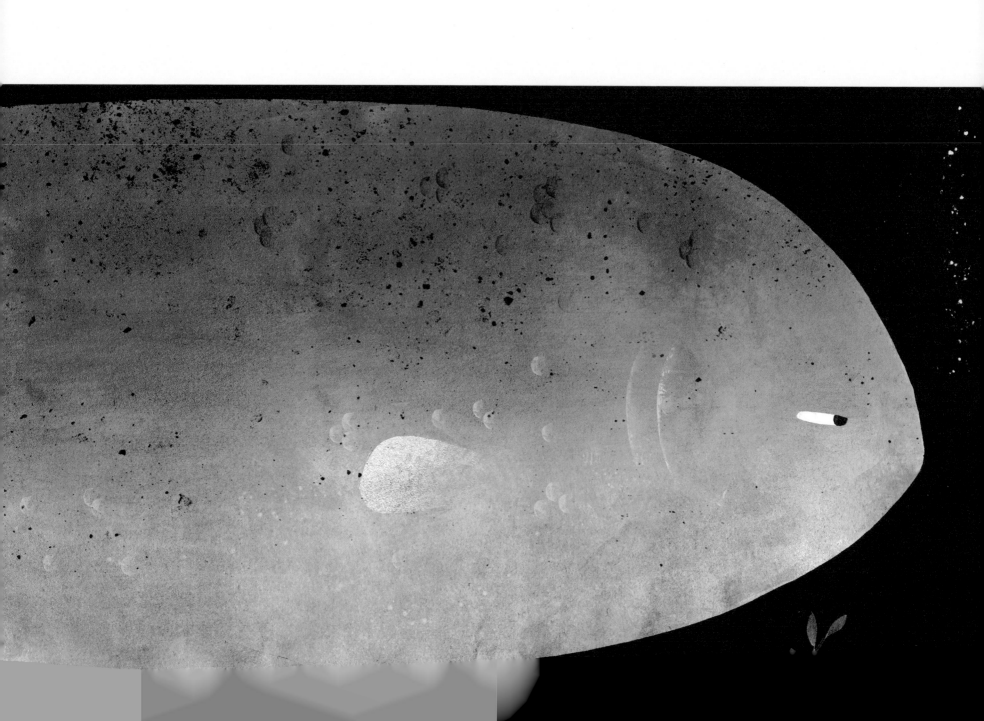

所以我一點都不擔心。

我知道偷帽子不對。
我知道它不是我的。
但我還是要留著它。
反正，這頂帽子對那條大魚來說太小了。
我戴剛剛好。

你ㄋㄧˇ看ㄎㄢˋ！我ㄨㄛˇ成ㄔㄥˊ功ㄍㄨㄥ了ㄌㄜ˙！

這裡就是水草長得又高、又大、又密的地方！

我就知道自己會成功。

絕對不會被發現。